KB197282

글 안케 포이히터

프랑스 디디에 출판사에서 어린이 책을 만들면서
독일어와 중국어로 된 좋은 책을 찾아
아이들에게 소개하고 있어요.

그림 엘로디 뒤랑

프랑스에서 태어났고, 스트라스부르 미술 학교에서 공부했어요.
어린이 책에 그림을 그리는 삽화가이자 만화가이지요.
그린 책으로는 〈투덜이 유령〉, 〈아빠의 인생 사용법〉 등이 있어요.

옮긴이 이정주

서울여자대학교와 같은 학교 대학원에서 불어불문학을 공부했어요. 지금은 방송과 출판 분야에서
전문 번역인으로 활동하며 우리나라 어린이와 청소년에게 재미와 감동을 주는 프랑스 책을 직접 찾기도 해요.
옮긴 책으로는 〈천하무적 빅토르〉, 〈넌 빠져!〉, 〈아빠의 인생 사용법〉, 〈강아지 똥 밟은 날〉,
〈혼자 탈 수 있어요〉, 〈심술쟁이 내 동생 싸게 팔아요〉가 있어요.

헬로 프렌즈

펠릭스와 함께하는 베를린 이야기

글 안케 포이히터 Ⅰ **그림** 엘로디 뒤랑 Ⅰ **옮긴이** 이정주
펴낸이 김희수 **펴낸곳** 도서출판 별똥별 **주소** 경기도 화성시 병점1로 218 씨네샤르망 B동 3층
고객 센터 080-201-7887(수신자부담) 031-221-7887 **홈페이지** www.beulddong.com **출판등록** 2009년 2월 4일 제465-2009-00005호
편집·디자인 꼬까신 **마케팅** 백나리, 김정희 **이미지 제공** 셔터스톡

ISBN 978-89-6383-692-8, 978-89-6383-682-9(세트), 2판 All rights reserved. Copyright ⓒ2014 by beulddongbeul

Felix de Berlin by Anke Feuchter and Elodie Durand
Copyright ⓒ 2011 by ABC MELODY Editions All rights reserved throughout the world
Korean Translation copyright ⓒ 2014 by Beulddongbeul, Korea
This Korean edition was published by arrangement with ABC MELODY Editions, France through Milkwood Agency, Korea

1. 띄어쓰기는 국립국어원에서 펴낸 〈표준국어대사전〉을 기준으로 삼았습니다.
2. 외국 인명, 지명은 국립국어원의 〈외래어 표기 용례집〉을 따랐습니다. 단 저자의 의견에 따라 현지 발음에 가깝게 표기한 것도 있습니다.

펠릭스와 함께하는 베를린 이야기

둘세 안케 포이히터 글 | 엘로디 뒤랑 그림

구텐 타, 내 이름은 펠릭스야.
난 베를린에 살아.
나랑 같이 우리 가족과 친구들을
만나러 갈래?

별똥별

펠릭스는 베를린에 살아요. 베를린에는 여러 개의 둥근 기둥으로 된
큼지막한 돌문이 있어요. 브란덴부르크 문이지요.
높다란 텔레비전 탑도 보여요. 높이가 368미터나 되지요.
전망대 위 회전 레스토랑에 올라가면 베를린이 한눈에 내려다보여요!

6

시내를 걷다가 곰을 만나도 놀라지 마요. 플라스틱 곰이거든요.
곰은 베를린의 상징이어서 곳곳에 있어요.
베를린에는 자전거를 타고 다니는 사람이 많아요.
편리하고 공해를 일으키지 않는 자전거만큼 좋은 교통수단은 없지요.
이곳은 박물관 섬이에요. 세계적으로 유명한 박물관들이 모여 있지요.

NOFRETETE

9

이곳은 티어가르텐 공원이에요. 베를린에서 가장 큰 공원이지요.
옛날에 왕자들이 이곳으로 사냥하러 왔대요.
공원 중앙에는 전승 기념탑이 있어요.
사람들은 공원에서 축구를 하거나 널따란 노이어 호수에서 보트를 타지요.

11

펠릭스는 크러이츠버그에 있는 아파트에 살아요.
크러이츠버그는 베를린에서 아름다운 동네로 손꼽혀요.
카페와 레스토랑도 많고, 아이스크림 가게도 있지요!
펠릭스는 아이스크림을 매일 먹고 싶지만
아이스크림 가게가 겨울에는 문을 닫아요!

펠릭스의 엄마는 동네 유치원에서 일해요. 아빠는 촬영 감독이고요.
작년에 아빠가 찍은 영화가 베를린 영화제에서 상을 받았어요.
전 세계 영화 작품을 초청해 보여 주고 상을 주는 유명한 영화제예요.

아침에는 잼과 브레첸을 먹어요. 브레첸은 작고 둥근 독일 빵이에요.
아빠는 브레첸을 햄과 소시지와 함께 먹지요.
펠릭스는 브레첸에 잼을 발라서 따뜻한 코코아와 함께 먹어요.

펠릭스는 친구들과 함께 스케이트보드를 타고 학교에 가요.
집에서 학교까지는 10분 정도 걸리지요.
신호등에 작은 사람이 그려져 있어요. '암펠만' 이라고 해요.
신호등 남자라는 뜻이에요.

20

담임선생님 이름은 베커예요. '빵 굽는 사람' 이란 뜻이지요.
이름은 '빵 굽는 사람' 인데, 선생님이라니까 재미있지요?
펠릭스는 스케이트보드 타는 걸 좋아하지만 학교에서는 타면 안 돼요.
멋지게 스케이트보드 타는 모습을 친구들에게 보여 주고 싶은데 말이에요.

독일은 오후에 수업이 없어요. 그래서 클라라는 힙합을 추고,
펠릭스와 요나스는 아이스하키를 타러 스케이트장에 가지요.
요나스는 골키퍼이고, 펠릭스는 공격수예요.

23

휴일엔 아빠와 이스트사이드 갤러리에 가요.
오래전에 베를린을 둘로 갈라놓았던 '베를린 장벽'이
지금은 다 허물어지고 일부만 남았는데, 벽화로 뒤덮여 진짜 미술관이 되었지요.
집에 돌아가는 길에는 커리부어스트를 사 먹어요.
소시지에 케첩과 카레 가루를 뿌려 먹는데, 얼마나 맛있는지 몰라요!

엄마는 음악을 좋아해요. 옛날 음반과 반짝이는 의상도 많이 있지요.
아빠는 전기 기타를 쳐요. 젊었을 때 록밴드에서 연주했는데,
공연하다가 엄마를 만난 거래요. 참 멋지죠?

27

여름이 되면 펠릭스 가족은 북쪽 발트 해 연안의 바르네뮌데로 놀러 가요.
그곳에서 요트도 타고 수영도 하지요. 엄마는 버드나무 의자에 앉아서 책을 읽어요.
버드나무 의자는 독일에서만 볼 수 있어요.
여기에 앉으면 바닷바람과 뜨거운 햇살을 피할 수 있어요.

28

30

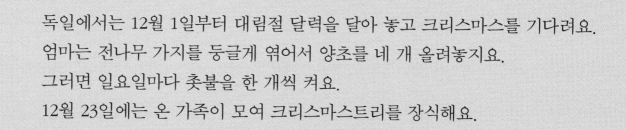

독일에서는 12월 1일부터 대림절 달력을 달아 놓고 크리스마스를 기다려요.
엄마는 전나무 가지를 둥글게 엮어서 양초를 네 개 올려놓지요.
그러면 일요일마다 촛불을 한 개씩 켜요.
12월 23일에는 온 가족이 모여 크리스마스트리를 장식해요.
12월 24일 크리스마스이브에 크리스마스 선물을 열어 봐요!

베를린에 놀러 오지 않을래요?
기다릴게요, 추스(안녕)!

베를린의 멋진 볼거리

Berlin

꼭대기에
승리의 여신상이 있어요.

전승 기념탑

프로이센이 덴마크,
오스트리아, 프랑스
등과의 전쟁에서
승리한 것을 기념해
세웠어요.

브란덴부르크 문

베를린 중심지인 파리저 광장에 있어요. 독일 분단 시
절 동베를린과 서베를린의 경계였으며 이 문을 통해서
만 동·서를 오갈 수 있었어요. 독일 통일과 함께 독일
의 상징적인 건축물이 되었어요.

베를린 장벽

1961년 동독 정부가 동베를린과 서베를린 경계에 쌓은 콘크리트 담장이에요. 독일이 통일되면서 1989년에 철거되고 일부분만 기념물로 남겨져 있어요.

텔레비전 탑

전체 높이가 368미터로 독일에서 가장 높은 건축물이에요. 독일 분단 시절 동독 정부가 사회주의 체제의 기술과 발전을 보여 주고 베를린의 상징으로 삼기 위해 세웠어요.

박물관 섬

슈프레섬에 5개의 박물관이 모여 있어요. 구박물관, 신박물관, 국립 회화관, 보데 박물관, 페르가몬 박물관이 있으며, 가장 크고 유명한 박물관은 페르가몬 박물관이에요. 유네스코에서 지정한 세계 문화유산이에요.

독일의 멋진 볼거리

괴테 하우스

프랑크푸르트 암 마인에 있어요.
독일의 위대한 문학가 괴테가 태어나고
자란 생가예요.
방에는 괴테가 사용한 책상과
직접 쓴 원고가 놓여 있어요.

하이델베르크 성

하이델베르크에 있으며 전쟁으로 황폐해졌다가
제2차 세계 대전 후 원래의 모습으로 다시 지어졌어요.
지하실에 거대한 술 창고가 있어요.

츠빙거 궁전

드레스덴에 있는
화려한 궁전이에요.
제2차 세계 대전 때
파괴되었으나 1963년에
다시 지어졌어요.
'요정의 샘'이라 불리는
유명한 분수가 있어요.

쾰른 대성당

600년만에 완성된 아주 웅장한 건축물로
쾰른 라인강 근처에 있어요. 뾰족하게
솟은 두 개의 첨탑으로 잘 알려져 있으며
세계에서 세 번째로 높은 성당이에요.
유네스코에서 지정한 세계 문화유산이에요.

그림 형제 박물관

카셀에 있어요. 독일의 언어 학자이자 동화 작가인 그림 형제에 관한
자료들을 전시하고 있는 박물관이에요. 유네스코 세계 기록
유산으로 지정된 〈그림 동화〉 원본이 전시되어 있어요.

독일의 국기

독일의 국기는 위에서부터 검은색, 빨간색, 노란색인 삼색기예요. 검은색은 인권 억압에 대한 비참한 분노를, 빨간색은 자유를 동경하는 정신을, 노란색은 진리를 나타내어요.

정식 **명칭** 독일 연방 공화국

위치 유럽 중부

면적 약 35만 7천㎢ (한반도의 약 1.5배)

수도 베를린

인구 약 8325만 명 (2024년 기준)

언어 독일어

나라꽃 수레국화

메클렌부르크포어포메른

브란덴부르크

슐레스비히홀슈타인

함부르크

브레멘

니더작센